U0127233

仙屏書屋初集詩後錄卷之一

宜黃　黃爵滋樹齋著

過獅子石訪友

江風吹客襟石磴行邐迤寒花照夕陽古松俯流水語能逐歸樵四山白雲起

江村

三五人家三兩墩負暄野老雜雞豚夕陽山店多依岸夜雨江潮已到門

謁嚴子陵先生祠

悠悠七里灘直下富春渚江空少行跡林曉見棲羽載瞻先生祠超然識眉宇髣髴披羊裘春風坐漁父時明道自高世遠聲猶樹峻嶺鬱煙霞芳洲散蘭杜

過郯城縣

曉日出東岫須臾浮霧開驅車不數里相望郯城隈臨歧意緬邈覽古思徘徊麥浪漲平隴柳陰覆層臺當此春夏交衆卉荷栽培修業貴及時此念良悠哉

長歌行（蒙陰縣作）

驚風影兮浮雲收黃沙蕩兮白日流芳草萋萋兮嗟王

孫之遠遊東蒙山兮青青路之陰兮崎嶇而難行蒙之神兮山之靈風爲御兮雲爲軿安得乘風雲兮狐天門而遐征

書露筋烈女祠米南宮碑搨本後

甓社湖頭波似鏡露筋祠畔月如煙葵花蕭槭夜風起吹徹一江書畫船

湖上秋夜

暝色生四圍湖波盪未已波間盪出一輪月天水空明幾萬里月無波不涼波無月不光波光月影兩無際風

痕一片搖青蒼隔林鐘磬帶雲度燈火不辨湖邊路中有漁罾時往來三更掠破荷花露

余芝衫秋林覓句圖歌

寥天萬籟起岑寂滿院梧桐露華滴惟有君家老居士解向秋林讀周易我聞秋帝稱白藏其氣則金音則商霜得其氣肅以涼風得其氣清且狂龍鳴水中不見影虎嘯幽谷騰天閶衆竅于喁忽復滅有似倦吟暫停輟杳無人跡空山空但覺殘葉紛紛下如雪寒蟲林上號徹泉林下咽老樹枯根半死生秋容慘淡秋氣裂君會

此意應無窮奇趣磅礴盤心胸默參動靜契衆妙榮悴
一理相始終堅多心節古有訓取材落實將毋同

熊曉谷畫松歌

宜黃會館壁間有曉谷畫松一幀其自跋云洪谷子畫松不取形摹惟求神於物象之外臨畫時一有成見便落作家氣象予見董少宰家藏蒼松怪石圖用破筆焦墨以水墨渾之愈顯剛健婀娜之態因撫其旨以指頭寫之不識有少分合否曉谷即吾邑人昔以畫遊京師甚有名

虛堂萬里長風生枯龍蜿蜒神欲鳴中有雲氣噴白晝
挾我疑向滄海行熊曬此畫實奇特以手代筆指濡墨
摹古自出新意象要令觀者皆辟易夜夢仙人騎六鼇
蒼鱗赤甲排秋濤願把金芝換此去拔之補種三山高
由來妙畫稱通神當其伸紙天爲昏室間夜夜雷雨吼
深恐破壁飛天門君不見張璪死後無其偶洪谷之畫
亦罕有千年呵護賴精靈勿煩更覓剡山叟

自題美人紈扇寄荃君

霧鬢花鬟窈窕容相思子爲相思紅難將萬里天涯路

縮入冰紈數寸中

豐臺觀芍藥歌

長安花事春最高殿春芍藥尤花豪花香如海氣作霧九衢賣徧春聲囂陳生小石邀我看花去驚輪破曉出西市十八郵頭宿露濃逕上寬衣透薄屐穿花徑曲循花行花光人影交迴縈東田西舍迷出路鷺燕不語蜂微聲將離未離花如醉欲吐不吐雲蒡媚圃丁刈花如刈禾鐮刀砉砉光流地安得護此瓊田葩十日放盡崑崙霞攜壺醉踏萬花裏富貴何必公卿家年光似水流不住一年看花能幾度豐臺芍藥天下無賞花須覓種花處花農有花貽子孫白頭閱盡看花人不見東鄰海棠死綺筵化作芳塚新封姨妒人已三日閉門促坐不敢出天光豁眼忽清曠到此何曾着纖埃圍棊一局酒百觴餘興未歇顛飆狂截花歸去誰最忙蓮花博士紫薇郎調吳蘭雪舍人

辛巳送秋四首

一笛西風喚奈何秋光又向眼前過樓臺何處無明月
星漢如今已逝波旅夢斷隨紅樹遠騷心冷比白雲多

沿階怕聽寒蛩語孤負家山舊薜蘿

高卬遠海一銷魂夕照千郵與萬郵大筆何人森老氣寒林從此識歸根廣陵月帶潮聲隱廬嶽雲隨鴈影昏無限燕臺搔首地秋心寥落共誰論

天涯無處不悲秋況值秋歸百感投遼海千程勞去鳥吳江一夢冷眠鷗素娥宮殿留清怨青女關河起暮愁昨日登臨山色裏蕭蕭風葉滿高樓

今夕今朝總不殊閒居爭奈客情孤吟窗菊影依人瘦鄉國梅花到夢無江上琵琶憑送客城頭風雨過催租敝裘留得春偏在合與消寒擁酒鑪

讀藍石鷗集感賦

往者朱相國薦公良史才（公以朱文端公薦入史館）公才卓犖厭仕宦百年貧老心骨摧卻憶銜盃天香吐桂林風送金臺步白頭未可葬瀋陽文章歸得江山助煌煌志乘放厥詞

廟謨亦復參諏諮惜哉公死世莫知可憐八十號寒兒（聞公尚有八十老兒業匠）

羽可月竹

苔石列我座明月挂在壁牕前明月來不知誰主客牕
後清風來不知誰喧寂球簾動夕波盪出瀟湘碧翩然
雲中君翠袖倚覎覎

雜興六首

寺門蕭瑟噪晨鴉初旭曈曨隱樹椏拋卻繩牀尋夢去
膽瓶無恙倚秋花

壁上新詩格調高淒涼不唱鬱輪袍碧紗紅袖渾閒事
留與先生下濁醪

忍將魚鼈供陽侯作吏方深父母憂愧煞頑仙無一事

桑田滄海付閒謳

象槐陰裏亂鐘撞夕照摩挲古佛幢花事海棠如夢過
只餘菊影瘦僧窗

家住琴高鯉石頭曾鞭赤鯉跨滄洲同懷難得金鼇侶
共倚天風下釣鉤

轉漕南歸已順流河淮秋泛尚堪憂西風銜尾雲邊鴈
可到宮亭湖水頭

過吳子序寓居即事

銷除朔雪三杯酒送盡斜陽一局棊岑寂春光花未發

落花偏對石田詩（君新購有祝枝山所書沈石田落花詩）

贈張辛田

辛田文端裔孫中嘉慶癸酉副榜於余爲同年戊子江南闈中得辛田文喜甚榜將發矣乃以他累棄今年辛田至京以所爲詩作贄修弟子禮來見置升沈之數重文字之知余旣重愧其意辛田又以其所爲詞眎余爰題其卷端而歸之

張生一卷詞清豔噴冰雪身世鮮知音古調自怡悅君家浮渡山大江東向折扶皖多名賢祖德況堪述絲綸四代承（絲綸四代作詞臣文端紀恩句也見存誠堂詩集）榮冠詞臣列不見名家孫石硯捧天闕（事見槐廳載筆）燕嶺萬重雲秦川千古月回首雪浪巖舊家黯離別知君抑塞才終見風塵拔休悵江南夢待譜金門調

題寒鐙課讀圖爲管異之

涕流范家硯淒涼孟母機三更其鐙火風雪獨重闈貞樹駢根茂幽蘭閱世菲今看舊牆角忍把短檠揮

潘星齋紱庭招飲詩舫出陸包山花鳴幽禽畫卷

索題

翩翾衆翼林間嬉不爭飲啄爭花枝包山之畫元宰題（卷端有董文敏自書題句）綠陰庭院清如拭不見三庚日輪赤春色春聲猶几席君家景物占江南洞庭東西花鳥㟪前輩風流未衰歇畫書詩絶應能兼蜀葵戎戎大如斗扁舟鷗鷺梨花酒（適有以包山所作蜀葵及文敏自題兼金畫卷求售者扁舟句本文敏詩意）可易吾未能一卷輸君長在手

胡蝶圖爲吳玉階

不是莊周夢不是韓憑魂徘徊復徘徊不寂亦不喧遊子久不歸蘼蕪荒故園故園三月暮胡蝶空飛翻我家黃水頭最近滕王閣欲圖江夏斑帝子不可作問君居何鄉居傍廬山脚廬山有神女花容亦非昨湖上碧桃花紛紛向風落淒涼玉腰奴下第逢張綽著君圖畫中遊戲與君同相期浮羅洞更訪葛仙翁

十臺詩次潘紱庭韻

亭長還鄉日依然唱楚風可憐兲人泣誰識大王雄項井荒煙裏留城落照中興亡同一慨何處漢遺宮（歌風臺）

巫峽不可上陽臺空百尋朝朝復暮暮一片孤雲心徘
徊宋玉賦惆悵杜陵吟省識峩眉月偏愁風雨深朝雲臺
荒墳七十二空望漢將軍隱隱鄴城古茫茫漳水分芝
園失飛蓋冰井其斜曛底事石牀侈爭誇玳瑁紋銅雀臺
麋鹿姑胥入難容走犬才可憐吳下沼何似越王臺虎
氣沈諸劍鴟夷棄楚村五湖煙水濶響屧不歸來姑蘇臺
神仙求不得當世失龍媒肯下千金聘應招四海才忠
藎猶聞毅賢聲首重隗只今易水上弔古幾低徊黃金臺
犬臺誰見名鳩里枉招魂事白千秋訟感深三老言禖

神空有祝血淚黯無痕獨爾披廷令能全太子孫望思臺
孰起玉燭殿而嗤田舍翁黃山有遺搆俯視總羣雄劉
毅徒稱叛桓元實啓公關河九井外盡入宋臺中凌歊臺
周王驅八駿猶見返瑤池所惜祈招詠曾無倚相規有
臣空厲刃何地更投軀寂寞細腰舞宮前花落時章華臺
遙接龍駒嘴荒臺蔓草深劇憐大彭國風雨慘秋陰名
馬汗流血美人花碎心江東餘父老過此幾霑襟戲馬臺
白也騎鯨去荒臺夕照開當年吟嘯地招手鳳凰來酒
戶金陵大江聲采石摧後來誰繼起翰墨失鉗鎚鳳凰臺

漢河間獻王君子館磚歌爲苗仙露秀才作

大雅久不作誰溯漢賢王孝敦不任儒河間獨旁皇當時何人稱博士毛公之學授貫卿獻樂歸藩就詩論山東諸老參翱翔陵谷滄桑世代改炎漢風流幾千載毛精壘畔少人行夏屋渠渠竟何在嘵君桑梓賢達多張超才邢子昂德森森峩峩神童七歲驚人筆盧翼大博士十年閉戶歌劉炫瀛海鍾靈詎有極賢王被服當不磨建元天子況好學士吏彬彬鏘佩珂窮經受祿利十倍宏于孝弟廉讓科前有盛者後必繼光華萬古流羲娥君持此磚欲何適花紋龜背空摩挲又于王陵得唐瓦仙露又謂獻王陵得唐開元瓦豈有神鬼同護呵漢唐往事若告語遺經坐對頭欲皤潦倒半生慎莫怨諷諭百代應無訛

題俞松石蕉窗聽雨圖圖爲李晴邨作並有題句

俞君家住北塢麓草堂陰陰綠天綠別來猶憶五峰秋泉聲雨聲亂琴筑晴邨居士詩畫工京華閉戶偏難逢與來爲君忽寫此驚回斷夢聞溪春

送王霞九前輩由侍御出守曹州

荷雷導禹蹟蒸民粒萬古夏侯郤蝗蝻邢公靖桴鼓迢

迢賢聖心後先若告語清風觀名昔巳休明月樓名今猶覲

觥觥中朝彥一麾蒞茲土家風孝義承先生祖父兩世以孝子稱國

事勤勞補新歌晉黃堂舊列辭烏府崇朝岱嶽雲興雨

遍齊魯

吳松坪花下鳴琴圖

焦桐爨下來裁爲三尺琴恨非清廟器空託白雲岑逝

將偕老鶴投君著作林願譜雙鳳皇和鳴悅衆心一彈

再三鼓懷抱春風深猶是在山泉泠泠答遺音

送汪慧生之官雲南

朔風凍澈玉河水苦覓銀鱗薦芳醴高歌忽驚四座起

明日君當行萬里萬里迢遙載玉閨下馬作畫上馬題

君配玉芝夫人工畫千邨落月開荒雞可似燕門烏夜啼

巖問樵大茅峰觀雪圖

崇禧觀北雪深處奇絕飆輪第一峰直挾三天繡衣客

高凌萬頃玉芙蓉偶來紛欲招元鶴便去應當駕白龍

世界神仙總虛幻洞門寥闃鎖寒松

詠物二十六首

冰窨

窖傍玉河開堅冰萬玉堆千夫皺釆琢六月息炎㷔甚旱猶虞闕無藏卽是災廟堂他日薦功自歲寒來

鐙市

天上春風度人間璧月窺瑤臺十二島瓊樹一千枝人海禁方弛玉皇喜可知年年放煙火譜作太平詞

戲臺

悅耳正笙匏驚心又鼓鐃場中森變幻局外動喧豗位置吾何似悲歌世漫教邯鄲一枕夢終向此中拋

酒店

葫蘆懸近市鐙火接斜曛客去仍留月仙過巳醉雲樓頭飛雨細帘外落花紛歲歲春光老離筵送宿醺

惜字鑪

世人不識字但惜千黃金倉頡鬼神秘炎官天地心馨香如可挹迹象杳難尋幸免泥塗辱何辭灰燼沈

定時表

開向日當午懸來夜未央最宜待漏院恰好讀書堂進止唯吾節疾徐堪其量所慙文思鈍催促不成章

太平鼓

忽聽響逢逢街頭巷曲逼疑迴賽社急喜兆凱歌雄點點破寒雪聲聲打疾風催花獨何意盼煞買花僮

太平車

世路詎無險安車眞太平未堪趨捷徑也自便長征巧不關遲速裝宜稱重輕終須求善駕六轡息塵驚

太平船

風送安瀾地雲隨轉漕天一颿高下穩千里往來便須爾同心友登茲大願船好將太平曲付與櫂歌傳

太平桶

似井收原溥如池竭已頻提攜方不假挹注竟何人六月雨蒸暑九衢星向辰寄言防患者莫仗水龍神

風門

三冬悄自關戶外卽冰山宵掩空閨夢朝扃寒士顔重嫌鐵錘繫輕笑竹弓彎縱被周旋妒能辭防禦艱

火坑

寒室驟生煖涼宵忽變炎陽從地窟起功比冶鑪兼豈有然眉累微生炙手嫌袁安偏耐冷獨臥雪窗恬

仙

蓬萊東復東蕩蕩白銀宮松葉峰前碧桃花洞口紅因緣眞出世位業亦論功願種廬山杏年年學董公

佛

貝樹常春日金剛不壞時藴空能解脫心苦爲慈悲月印龍潭靜雲棲鷲嶺遲要通眞覺意卽是達摩師

古松

絕壑蟠根大幽巖覆葉濃精靈呵白鹿鱗甲變蒼龍幢影翻寒日濤聲激暮鐘五更聞鶴語似是駐仙蹤

古桐

本是名琴選般輸未見收因風疑寫怨帶雨似悲秋葉落山空石枝疎月滿樓龍門孤絕處鸞鳳總修修

古寺

路向鬘雲入門依寶月開僧閒惟飼鶴佛古欲生苔竹雨朝侵塔松風夜滿臺由來空絕地何處著紅埃

古墓

夕陽山外沈蜀魄不聞音木化草間石磈霾花下金寒燐悽野火流水咽孤琴獨有苔宮裏年年春色深

藕

采采出林塘風前雪有香圓輪江月淨片玉渚煙涼泥
愛沾仍潔絲憐斷後長苦心寄蓮子離割那無傷

菱

溪頭遮細雨塘角障斜曛葉冒漁人櫂花牽采女裙弄
憐紺珠美食帶紫泥芬因憶江南渚清歌月下聞

蟬

嘒嘒知何已因時亦有心自天飽風露得地即山林柳
外雲生鬢桐邊月照音養痾無一事贈我總清吟

蠅

觸熱已無奈偏憎爾輩多鬨成交足態亂忽打頭過學
士防香墨佳人惜素羅焚香清一室忽任擾維摩

門神

鬱壘與神荼昂然態貌麤兩雄不相厄百鬼敢揶揄閒
煞驅魔劍飄殘辟惡符高門多養卒只合護窮儒

廟卒

成行紛執役對仗儼分排但有狐威假何妨狗盜來泥
韡仍劍土錢紙不成堆風雨門常閉淒涼亦可哀

舊劍

零落風塵裏無端忽見收論交成主客閱世幾恩讐星
斗光難掩雲濤偶可求雄才期報效終斬佞臣頭

破硯

留得貞心在磨礱歲月經偶然逢損缺仍不礙方型但
使腹無負猶餘眼半青瓦全嗤已廣浪說漢宮銘

擬八蜡迎送曲八章章八句

惟國有養惟民斯衆叶民之衆矣厥本在農爾農弗勤
爾歲則凶上帝其怒百神斯恫一章爾農旣勤爾神其相
恩則有澤威則有霜叶我黍我稷我蓄我藏於學於序

旨酒在盎二章民之息矣一日之澤神之息矣四方之宅
爾神則幽我祀孔赫爰聚其渙爰索其索三章有兵有帗
厥舞洋洋有鼓有籥厥奏鏘鏘疈辜是獻皮弁是將孔
惠孔時順成之方四章歲云暮矣雪應其禱叶惟帝斯感
惟神斯保叶終則有始百昌潛受斗杓亭亭萬物牙紐
五章於戲先嗇爾神是主后稷以教百種以樹爾農其司
爰告爰語爾郵其造爰舍爰處六章爾虎爾貓食其鼠豕
爾坊爾庸障泄是以榛梗勿生螟螽其死歲有嘉穀自
今伊始七章嗟民曷廻惟廻于神嗟神何鑒惟鑒于人民

之息矣兵草不與神之息矣不變不慍八章

亨甫自陶入都其友人李蘭屏蘭卿爲作石畫留人圖葉旬卿爲作洪橋送別圖各題其後

嚮夕石間座凌晨郭外舟寒花醒客夢古樹伴人愁風雪難爲別鯤鯨且漫遊燕臺塵黯黯荔水思悠悠蘭屏石畫圖舊有荔水莊國初林同人吉人與諸名士觴詠處

落木一江寒江飄挂惡灘乾坤自來去朋舊雜悲歡暮雨蕭蕭別浮雲故故看石林信佳士知爾獨艱難

贈友詩三首

韓珠船

羅浮風雨爲離合君住長安願竟乖自寫生枯花當戶獨歌金石月臨齋側身懷古吾誰與拔俗論詩世鮮儕好趁鶴廳閒暇日一鐙還與就談諧

端木鶴田

蘇湖弟子久周旋已分烏程醉一氈垂老功名對紅藥披荒事業問青田忘言自懍談詩戒寡過宜勤注易編儤直歸來還閉戶五陵裘馬讓翩翩

陳伯游

飢驅直欲挫賢豪世上誰爲脫寶刀人似秋鴻棲靜木
文如春水泛仙桃江南綠草驚前夢燕市黄塵黯故袍
雪後蹇驢能過我高歌還與酌蒲萄

雪夜麥館過武高歐遷與酌蒲萄

文如春水沃仙桃江南綠草驚前夢海市黃塵點敝袍

劍氣直欲壓賢豪世上誰為脫寶刀人似秋鴻棲薄木

仙屏書屋初集詩後錄卷之二

宜黃　黃爵滋樹齋著

郭羽可松林覓句圖

昨過西山寺欲招元鶴遊老松若定僧笑人易白頭猗歟巖穴士葆此泉石修仰天一高咏萬壑迴蛟蚪俗耳苦不聞適意將何求懷人感雲木閱世悲霜楸他時儻寄我吟向風濤秋

葉潤臣風雨懷人圖

墨雲沈沈山欲睡絡石縈林阻遙思渡口忽見漁父舟招之不譍心煩憂矣人矣人在河涘林花蕭槭徑如水請君自理囊中琴風止雨霽月在岑

淩厚堂註經圖

當代註經者吾得三友焉徐生（學生）走南北毋老炊無煙端木（鶴田）髮始白不得歸青田淩子復何為閉戶當市廛弱齡已飛騰強歲仍迍邅讀書父有子校韻妻亦仙日月有晦蝕人事多變遷易與本憂患春秋責在賢伊予希大道兀兀惟窮年痼疾害自防中正物乃全經術可救世他日慎所權

爲李蓮舫題畫

江南一舸月初明彷彿詩聲雜鴈聲銀漢垂垂碧天遠風流剛憶謝宣城

秋燈課子圖爲程鎮北

萬卷子能讀九原親亦安賢書傳姓氏慈母雜悲歡戶外梧桐老階前蛩語寒寸心誰照見明月尚雲端

家香鐵松下談元圖

十年騾塵駕五岳路阻修閱人眼生肉神仙不可求獨有春花好對酒消煩憂醉來吐肝膈輒復駭其儔不如

處默默與世爲沈浮逝將挈吾友睠彼泉石秋松下儼逢君與語成綢繆丹成總寂寞羽化誠優悠尚憐崆峒石遙對軒轅邱不成叩閶闔便欲遺方州

陳唐夫老女待聘圖

西鄰帨在門歲造女兒酒有酒嘉賓歡有女吉士誘奈何東鄰子寂寞還自守吁嗟鳩爲媒嗛嗛不足狃采玉勿采珉種苗勿種莠所傷當路人目成匪嘉耦夜行失秉燭誰能爲扞掫婦怨不可任女德亦云醜梧桐墜秋風零落悲孤鳥不見東鄰子寂寞容顏老

潘四農煙雨課耕圖

晉代有高士嘗種下潠田時於飲酒暇責子垂名篇人生愼出處運命由蒼天安知封侯貴拾取非一言子家淮水上煙雨環陌阡洪流懼須洞蒿目思濟川濟川豈無楫富國非吾權爻菑予則播勤力爲豐年

答林紉秋二首

四十年間老孝廉前朝風尚得親覘蕭蕭斷葦江亭路重踏斜陽認酒帘

闢山深處竹爲家野樹閒雲歲月賒怨殺鷓書遲赴隴儒生事業鬢成花

道光壬辰之夏集諸同年留館者二十三人書旣成爰題七言古詩一首而自書之以附其末

國初以來盛文藝狀元常選書法優劉馬之策亦僅耳孫蔡自擅樵王歐百八十年事無關士也槖筆承嘉休薑芽斂手客自笑插花実女人爭求以書感人吾未可我友一字珍若球分紙索之豈好事非爲娬媚誇雙眸溯自丙戌迄己丑二十四人留瀛洲中更聚散已非一他時安得常綢繆會當誅茅五老側以茲環挂松風樓

作詩記此自忘醜效顰恐被西子羞

陳登之能讀圖

弱冠事禮謁一登君子堂調尊父玉方先生忽嗟湖上月噎落孤山旁十年與君友聞君沛雨霜羲獻有家法繼武當逵翔光氣耿弧矢血淚枯文章不見漢廷上司馬猶貲郎貲郎亦可爲素志君自强讀律活人命比於經生長循茲見本原忠孝未可量出歌虎渡河入詠鳩在桑囘首忽自笑萬卷猶未荒

張茶農槐根小築圖次其自題原韻

茫茫東華塵藹藹西山綠老樹十年居名畫四海讀市人笑相對一飯時一粥作容亦不貧作吏豈能俗風過憶蟬吟雲來知鳥宿槐花落復開清夢如堪續

雙柏篇爲文氏兩世節母作

湛湛永新江流繞義山北下有千叢蘭上有雙樹柏柏樹兩相依柏心一何直不有雙柏青曷蔭叢蘭碧蘭葉復蘭根春風茂且繁始知雙柏好貞下更生元雙柏有如此千年心不死寸心蘭自知歲歲報春暉

贈吳唐臣還涇

飲不必菊水可以澤子孫食不必桂餌可以飽曾元生之祖父兄旋自兩朝前及生又五世生子當復然唐臣次子承祉年讀未五十已有曾孫者樂孔道耕者安堯天已酬君父厚何羨卿相尊鬚髮未盡白腰腳嗤已頑遭逢故居易閱歷猶思艱身處一堂內心周三族間何時返吾駕訪爾茂林村

送鄒鍾泉太守郎題其先世遺冊一爲中翰靜嶽先生乾卦說一爲殿撰海嶽先生請建常平倉疏君子懷德論一爲徵君黎眉先生詩凡二十四首末附汪苕文朱竹垞兩先生與徵君書二則

我友郭羽可羽可與徐廉峯論材服鄒湛虛聲非所珍實力故無忝征車返黃河雪花密如毯何以持贈君愧乏光明錦讀君先人書翰墨何精嚴秉時卜飛潛濟世存遺稟一誠德允懷入幻情偏審徵君有和梅村入幻作當時汪與朱古義見肝膽靜觀風不驚沉吟日至晚何以持贈君永此清芬攬

奉題李芝齡前輩聞妙香室詩集

百年幾見名公集四海新傳大雅辭香谷遊人搴蕙草晴霄落鴈寫琴絲隱憂望本蒼生繫篤愛心應國士知

天遺文昌照川嶽龍門蹤跡未稱奇

長夏無事偶檢十餘年來師友翰墨得十卷裝池之因成七律一首

如將海嶽貯胸間永晝披尋得靜閒琴絶有時悲逝水花開類想折春山蕭條風雨成離合浩蕩乾坤寄往還最是關懷勤策我不堪攬鏡鬢將斑

東坡先生紫雲端硯歌爲陳九香作

十年燕市尋酒徒陳生肝膽向我輸問君磊落何能爾一生拜倒眉山蘇紫雲一片先生壑蟾蜍秋水洗靈魄竹柏橫斜清夜遊恰憶承天寺中樂我讀陳生一卷詩坡老風流眞見之千秋人往物徒在宇宙茫茫還其誰吁嗟此硯有至理有名無名託雲水雲窮水盡一堅粹片石至今磨不死陳生陳生且莫撫硯深歎傷我能飲爾至醉樂未央夢中定與黃州之鶴參翱翔

碧螺春茗歌調羽可

老可飲茶不飲酒老可愛茶如愛友不若黃生酒戶奢醉從老可分香茶碧螺峰在小洞庭有人摘向春山青江南米貴茶應賤何須珍惜雙銀餅老可東鄰有陸子

立夫前輩為我招來吟 屋裏健談失笑茶神疲渴飲還如酒
龍起

答李晚蘇從事

有美東方士貽我尺素書語簡不遽盡意深亘有餘百
年皓鬚鬢羸者道義儲五行以氣翕萬象由心攄浩然
海嶽間孰間君與余光烨在日月六合耿一閎願得淩
風翼高舉覘所如

寄題朝鮮洪海居詩集

乾坤蕩蕩邈中處東泿西池跡多阻鈞天廣奏夢中聞

失笑人間調白紵海居居士同我心明月三山忽高吐
北來始見璧使輒東望何因接譚塵信知東國美文章
豈獨孤雲倬千古黃郎作歌酒如雨婉婉虬龍海天舞

王藕塘前輩灘濱垂釣圖

飛羽知避繳遊鱗識防釣釣者夫如何適意方臨流溪
雲無定影溪水無迴漚故山一千丈誰從盧遨遊

太息一首

層雲蔽高穹明月不知處太息御風人揮手自來去天
闕虎豹啼大澤龍蛇赴肉眼焉得窺仙心儻相遇相遇

更相悲徘徊萬里路但去不復來中懷誰可訴

贈林范亭

昌黎詩格最輪囷衛道文章只五原綺歲才華老成筆六經還與溯崑崙

蔣丹林先生命題童子釣遊圖

鄉心圖畫裏舊夢釣遊間花落一溪靜鳥啼千嶂閒秋風餘鶴髮春水訊鼉山三世神仙福平安報竹關

伊犄君秋深憶夢圖

塘邊綠水雙鴛鴦枝上孤雄黯自傷雄飛高高奈孤何不及鴛鴦低宿荷夢裏忽挾雌鸞歸碧梧明月團圞輝天邊月有圓缺缺復圓心似月

贈李海颿觀察三首

胸中有滄海眼裏忽神鼇氣象今誰似文章昔已豪青年艱閱歷白髮重勤勞回首馳驅路衰眉雪正高

蜀道曾何險夷支或抗威撫綏天子德擒馘將臣機奥府東南給雄流江漢飛知君重形勢策馬幾歔欷

聞說輿人誦官聲李竝蘇龕石前輩深心方有待直道豈容

誣但使蓀施化休嫌松菊蕪
天廷求實詔屬望在吾徒
海騶出具季父抱犢山人四友圖索題
閱盡百年態方知四友心有情同對月不語且橫琴氣
象空山抱精神隔世沈何當聞鶴唳恍惚白雲岑
贈趙羽堂副使
三年北闕傳賓禮幾度人藩識使星予居客卿三載先後晤東使趙心菴權彝齋申翠微諸君倍覺心情移海水頓教炎暑洗江亭歸塗柳
月闕前望別寺松風夢裏聽感我容華易蕭瑟不知何

處采芳馨
贈朴心田李藕船兩從事
五岳故人多不見三山佳客忽相逢尋詩幾泛鴨江櫂
感舊頻驚燕寺鐘槐雪細添朝笠淨荷風香入午樽濃
懸知別後同秋思月上金莖第幾峰
慈仁寺古松聯句詩
曉日毘盧閣老松方對禪客來滄海上樹齋馬繫廣衢
邊閱劫成神物羽堂觀心得靜緣軟塵終不到孟慈炎
暑早相捐綠蔭團成幄頌南蒼苔匝襯筵聽蟬思故友

謂吳蘭雪丁邪橋諸君 心田 歸鶴盼飛仙貽上歌偏好 藕船 學餘詩荳箋金源雖渺矣 樹齋 鐵幹尚虬然積翠堅如石 羽堂 橫枝矗破煙潛機生死判 孟慈 浩氣古今懸寺午鐘聲歇 頌南 棚涼酒態偏無遮仍隙地 心田 不礙總蟠天神鬼孤根聚 藕船 風雷昨夜纏三山濤在眼 樹齋 萬壑幛當肩鳳展神都翅昔人謂報國寺松如青鳳展翅 羽堂 龍懷故土眠吾歙黃山古松甲天下 近胥欣有託 孟慈 鎮日喜常圓座接莊嚴相寺中有審變觀音像 頌南 吟賡忽就籌前程應夢兆 樹齋 嘗遊廬山夢神人授古松圖 心田 此會只言筌契許槐榆洽 藕船 情通縞紵聯千秋永茲意圖畫倘能傳 樹齋

林岵瞻招集寓齋出張亨甫所贈吳文定題赤壁畫幛索詩次韻二首

十年風雪挐孤舟岑寂不聞江上謳秪今素壁青山在欲挽奔牛萬古流

詩情畫意入遙空主客圖漾小院東他日攜歸海山去相思應在月明中

題安福王孝子旌孝錄後

至行傳桑梓孤心泣鬼神十齡天賜母百里夢隨親事

往芬猶烈書存澤自新顯揚期令嗣孝廉調範九綠筆動麒
麟

爲江龍門題圖絶句三首

佳人零落幽居怨老驥蹉跎伏櫪吟世上紛紜誇肉眼
等閒拋擲千黃金

右美人良馬圖

形如碧月光如水不照雙眉照寸心未識郎心似妾否
妾心還在鏡中尋

右姬人鏡心圖

眼前春好花開處耳畔秋涼葉落時贏得光陰供靜坐
一林風動鳥先知

右觀化圖

爲陳堯農題其六世祖酒錫先生詩墨卽次卷中
巴郡登樓韻

湖漲風吹落天氣雨洗清千秋奇士際一笑列侯輕餘
事闕天授遺民感世平長沙舊時月圓缺古今情

寄題趙心菴臨江亭子

海上飛鴻恰送音碧天如洗悟詩心一亭似此乾坤大

兩地因之魂夢深朝市歸來羨休沐湖山倚處動高吟
雲橫側嶺斜欹帽月帶長波碎蹙金鸞鶴十洲仙縹緲
魚龍三島氣森沈一從石室丹霞別猶傍金華曉日臨
黃海重聞持節去綠江定憶隔年尋相逢絕似邢兼尹
不見空憐商與參潑潑春生亭草際聲聲秋在閣梧陰
憑君莫負平泉好肯把新詞譜玉琴

龍樹寺次韻答李秋齋行人

勝日尋春春尚遲清談不覺晷頻移雪銷山翠初明處
風勁槐龍欲動時虛榻乍迴香篆影嬌花略似故園枝

年年貰酒蒹葭閣客過愁添惜別詩

廣單廉泉書語意寄從弟濤

喚起西窗迴曉夢六時坐對南華峰悟從心手俱閑處
雨過梧桐月在松

羅六湖畫荔支

五月越王城畔嬉海山朝暮暑風吹蔡家舊譜何須問
自憶鄉園寫荔支

題畫二首

福建學使院有軒植松竹梅歸安沈心齋先生

名之曰友清乾隆庚子大興朱竹君先生復搆亭避暑使諸生各致一石名曰三百三十有三士亭汪雨園前輩屬姜瑤圃珏王子若應綬兩茂才各爲一圖道光庚子徐松龕觀察得王圖於市肆中以視吳姓舫學使仍歸使院羅六湖比部愛而摹之爲題斷句二首

三友原堪其歲寒石交還爲避炎官笥河居士風流甚六十年前見柳韓

清泉瀧瀧寫幽懷綠洗蕉天五丈排不任煙雲空過眼得心印處便爲佳

寄題陳雲乃司馬譚藝圖

蜀化被文翁闢風襲常裒古今若輝映廣狹豈殊蘊陳君著作才攝篆暨陽尹獨從談藝餘一窺諭蒙本恩深力匪艱氣鋭機逾敏江南老經師猶見李公申耆前輩健嘉賓識毛甫生俞履初弟子盡佳選殷勤兩校師劉蔵山顧侍護導彼一夔儔達誠而厲頑安定法當勉茲官吾已負年少未知憤士行貴陶鎔農功視穮蓘不見麥兩歧獻瑞已連畛

寄贈陸立夫前輩觀察天津

三年契濶崇朝話一夢徘徊兩地思海上東來魚腹便
關中西去馬頭遲風迴落木偏生籟日射寒冰正結澌
應憶柯亭共閒暇都門春好杏花時

疊前韻贈張黼圖

北鷹南鷂今誰屬國士從教繫我思校技翻嫌六鈞弱
發書猶笑百函遲即看廣漢迴風曀定愛熙陽解凍澌
萬事由來歸靜寄吳鈎珍重未逢時

涿州行館再疊前韻寄朱東江金亞伯許鷺園吳

子序

寒夕清樽餘別緒虛堂塵鏡掩愁思秖憐破夢雞聲慣
漸覺依人月影遲涿鹿天青仍盼雪琉璃水碧未凝澌
春風何處更回首玉女峰頭立馬時

三疊前韻酬柏靜濤

別來海上幾明月迢遞秦雲入夢思君自曾誇出塞早
我今猶笑識山遲蘼蕪澗曲花藏豔錦繡川寒玉作澌
先後飛鴻留雪爪挑鐙聊話舊遊時

十一月二十七日早發明月店經新樂縣道中作

西望天門道里兼衡寒難任覓青帘軍郵未罷傳車騎
逆旅何因賤米鹽月影低懸半鉤小霜威暗逼重裘尖
故人道左煩迎送謂楊伯所太令五夜偏勞火炬添

壽陽過韓文公詩亭壁間見春浦前輩題識有感

郤寄疊用韓韻二首

簡書三載不遑安海颶天炎岱雪寒今日清泠飲壽酒
惜無人與致龍團

鹽說園林足寄安松聲泉韻寫幽寒何如溫室褰裘處
照影分明月鏡團

焦山春夜贈德研香

江風吹夕照山月對清吟鷗臥忽如我雲飛方白今滔
滔憑逝水寂寂見孤岑何以寫予意惟君綠綺琴

增園題壁爲陳雲乃司馬兼柬張芾雲觀察

林壑出天然江湖隙地偏巢成應爲鶴花好正如仙跡
阻三山畔心飛五嶽邊平生樽酒意感此重流連

題張佩之畫冊

寥廓生長風飛堂入秋氣郤愁門外塵舉足不得避故
園多竹石何由返所憩遐哉君子言疎老有韻味五字是老

可評語

贈甘經畬學博

同年廿七載相見惜蒼然愧我虛名早知君內行先爲儒不佞佛安命信由天回首嬰江水斜陽一扣舷

送吳子苾觀察

扁舟邀月過湘灘春水方生江上時梅樹舊依丞相寺蕉花新訪故侯碑百年勳業從今盛千乘風流自昔推好語榕門諸長吏當年從政有良規

喜王蘭圃過訪即送之任南澳

憶爾山陰道上來不圖談笑爲君開勸民親答九重問籌海原非百里才江月潛移帝子閣蠻花先對粤王臺便思踏遍長沙尾吸取鯨波入酒盃

題王峙亭先生遺照爲句生

位置恰神仙松風又石泉課孫成暇日問鵠與疑年道德初生在文章後死傳從知圖畫意笠外有青天

四月九日胡若卿張詠仙彭訥生招同陳良叔諸君小集拙政園良叔賦詩依韻和之

幽尋底事託冥搜適與天然物外棲吳下林亭惟此舊

轉笑偷兒成解事無文字處足參詳
竟難神物爲隄防文通定不傷才盡東皙何須補雅亡
高歌所地見王郎一卷新詩劍有霜豈是仙官工竊取

和王子梅夫詩

有人還放白華箋時向寓州上謫子梅前輩
宦情絕似江湖遠離恨偏隨海月生今日王蘭花下醉
秋堂其對紫薇花出小瀛之舫已屬友林中歲
江湖別思兩無涯雲樹蒼茫帶落霞板輿十年前夢在

感述詩二首

閱吳小芝送別于瀛舫刺史周石藩司馬圖冊有
僧鴻立蒼苔
靜裏得神釋俗向塵中破夢來我自荒江鮮拔賞隨
天家作棟材勞上青霄十日月聲盤大壑出風雷相於
飛雲嶺畔松千尺本是

題周鶴察聽松圖

住游
何書遊　目盡明聽足解憂紅板橋頭喜路脫險塵埃便
春餘花鳥爲誰留漫逢鄰笛頻生感詩有敘舊四嶺爲從弟公子處來

次韻酬鄒蓉閣竝寄王子棣龔孝拱

紫宸蒼生共比百年身西湖忽漫逢佳士北海而今幾揩眼星雲麗

故人塵世勞勞嗟遠道詩篇浩浩各天眞扁舟一去渾無奈悵絶孤吟煙水濱

倪姬出便面乞壽泉先生作畫戲題二十八字

落拓江湖載酒船雲林畫意本天然歸來添得黃筌筆敎祝高盲老少年

跋

丙午孟夏吾師命齡孫校勘詩集將付梓人齡孫殫心尋繹至和湯海秋贈吳蘭雪刺史之作及與潘四農論詩偶述有酒八章而知吾師詩學源流之所自矣蓋一代有一代之作者而其間又必有挽回風尚度越諸家而獨闢一大宗者若宋初溺於西崑而歐梅矯其弊元代流於佻弱而伯生振其衰此吾師自序所謂代不數人是也

國朝提唱宗風莫盛於王文簡沈文慤然一主神韻一主格律各有所偏不足饜學者之心至乾隆間作者最盛而僞體亦興不無破壞法律而猖狂自恣者吾師起而振之挾海涵地負之才具博大精純之詣幾於無美不備無體不工而要其歸必力埽榛蕪之習而一衷於正故其體尊其力厚其骨堅其氣裕恢恢乎廓清摧陷在斯道中以起衰自任而生平之事功學業悉於是而寓焉固非苟焉已也統讀全帙如閩中述事閩中雜詩除大母服辛卯歲除敬述諸作至性流露悱惻感人杜陵愛國每飯不忘曾子事親負薪嚙指此足以教忠教

孝者也如曲阜謁先師孔子廟林敬紀言志答郭羽可四十初度酬張亨甫五十初度思寡過篇諸作闡明立身行己之大端上協濂洛關閩之奧旨此發揚學術者也如江南行四川行廣東行山西行江西行梅關行磁州行撫州行後撫州行泰山篇後泰山篇黃河篇海防篇廉吏行漫興諸作感時撫事隱然懷整俗宜民之念有先憂後樂之心此關係於治術者也如丁氏女劉烈婦行烏札庫氏節婦行吳孝婦刲臂療姑爲湯雨生題其尊人遺照等篇發潛起幽頑廉懦立此有裨於世道

人心者也如感舊懷人贈友五悼等篇言出肺腑誼關氣類此不獨見交道之終始而並可以覘人材之盛衰者也如江亭展禊癸巳中秋答陳潤珊并示江南諸子丁酉山左闈中賦詩冬至答喬鶴儕等篇宏獎風流愛才若渴感鮑叔之知己越石涕零喻東野以雲龍昌黎道廣尤承學之士所爲鏤膺而刻骨者乎雖諷數日亦思妄爲獻替而諸先達已久爲論定徒爲贅語竊恐無當於高深然受知兩次歷今將二十年在及門中識拔尤屬深至集中有蒙贈七古一章其期許有獨厚則誼

不敢默然也用敢論其大指以告世之讀是集者焉道
光丙午陽湖門人洪齮孫謹跋

不敢默然也用敢論其大指以告世之讀是集者道

光丙午陽湖門人洪鶴孫謹跋

图书在版编目(CIP)数据

仙屏书屋初集 / 黄爵滋著. -- 杭州：西泠印社出版社, 2012.11
ISBN 978-7-5508-0624-5

Ⅰ. ①仙. Ⅱ. ①黄. Ⅲ. ①黄爵滋（1793~1853）-文集 Ⅳ. ①I214.92

中国版本图书馆 CIP 数据核字(2012)第 277286 号

責任編輯：楊　舟
責任出版：張金鴻

僊屏書屋初集（一函五册）

出版　西泠印社出版社
發行　華寶齋古籍書社
印刷　華寶齋富翰文化有限公司（浙江省富陽市江濱東大道二一一號）
裝訂
版次　二〇一二年十一月第一版第一次印刷
印數　一——一〇〇〇
定價　壹仟貳佰圓（豪華裝）

ISBN 978-7-5508-0624-5

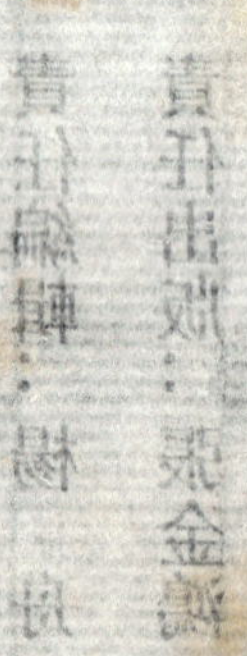

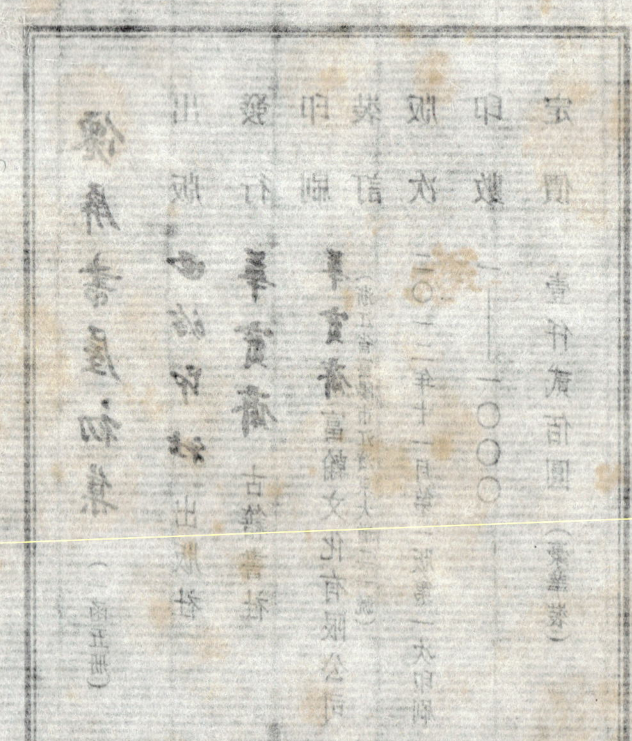